ERICH WILBERG

LANDSCHAFTEN UND ANTLITZE

衛立伯
風景與面貌

梁景峯 編譯

PEKING/CHINA
1959

衛立伯

1939北京・楊樹島印刷局德文原版
2025台北・黑眼睛文化中譯首版

目次

Erich Wilberg 衛立伯　德語現代詩人在中國戰火中的藝術生涯　　12

序詩　　36

陰影 SCHATTEN

命運　　40
苦痛　　42
地獄的時光　　44
面對空無　　46
雨中　　48
夏夜　　50
三和音　　52

秋夜	54
霧	56
預期	58
雪風	60
冬夜	62
冬季的尾聲	64
甦醒	66
雲和廣漠 WOLKEN UND WEITEN	
渴望	70
呼喚	72
信使	74
日落之後	78
廣漠的氣息	80

雪暴
小片雲
破曉

中國平原 CHINESISCHE EBENE

黃河邊
在山東
道中
帝國運河
暴風雨
戰爭
難民

北京 PEKING

106 104 100 98 96 94 92   88 86 82

早春　110
南海之春　114
南海初夏　116
眺望中海　118
從煤山俯望　120
向晚時分　122
月夜　124
月光　126
秋　128

高麗的女兒 TOCHTER KOREAS

相逢　132
繁花時分　136
女性的手　138

入夢之女
告別夏天
我的愛人
玉珠兒
深秋
重逢
疑問

海中島群 INSELN IM MEER

星
信息
夜晚
哀悼
雨夜

140 142 144 146 148 150 152

156 158 160 162 164

風雨中的悶熱

湧浪

創世

面貌 ANTLITZE

母親圖像

孩童

山邊屋舍

春日裡

降雪

一塊石

跋詩

衛立伯詩的瞬間取景 三〇年代中國的「風景與面貌」

附錄 衛立伯文學生涯與時代背景

214　190　186　　184　182　180　178　176　174　　170　168　166

德語現代詩人在中國戰火中的藝術生涯　／梁景峯

Erich Wilberg 衛立伯

人生很多事是出於偶然，又不完全是偶然；；文學藝術方面的偶遇最是奇異。

一九九七年我在荷蘭阿姆斯特丹參與國際德語教學研討會，有時在街頭閒逛，看看書店和唱片行。一家書店也是講德語的，店主推薦一本舊詩集：

Erich Wilberg, *Landschaften und Antlitze.* 風景與面貌 Peking 1939。

這是一本仿東亞洲包背裝式的德文詩集。書封面硬紙殼，淺灰藍色雲彩般大理石圖案。內文紙是手抄紙，97面。相當精緻的古風詩集。閱讀時感覺這是一位道地的詩人，一本道地的詩集。此外就是一團迷霧了。作者的名字是我當時在文學史和任何新聞資訊上完全沒看過的。他是誰，為何在中國，為何在北京會有一個楊樹島印刷局Pappelinsel-Werkstatt。作者和出版社有如此奇異的神秘性，如遠處閃爍不明的一點光，吸引著文學讀者的我，去開始全面的搜尋探索。一九九八，

衛立伯詩集《風景與面貌》

一九九九年，我先分別在淡江大學和日本福岡兩次德語文學研討會上發表了我初步對這部詩集的詮釋評論。

接下來，首先在新世代網路書店買到一本相關的新書：Hartmut Walravens, Vincenz Hundhausen (1878-1955). *Das Pekinger Umfeld und die Literaturzeitschrift Die Dschunke*. Wiesbaden 2000 北京的德語圈和文學雜誌《中國帆船》。

由此，我獲得了初步的資訊。後來在網際網路的搜尋中聯絡到詩人的兒子Michael Wilberg。我寄給他我的兩份評論文稿，因而從他那邊得到更多的詩人生平資料和其他作品。我經過幾年迷霧中的搜尋探索，對神秘作家和作品大致獲得初步明朗的面貌。

14

Erich Wilberg 中文名字衛立伯，一八九五年八月五日出生於德國漢堡一個醫生的家庭。他第一次世界大戰時從軍。戰後上大學，參與歷史學、語言學、文學的課程，接觸中國及日本的哲學和詩歌，應是有學中文的。二○年代德國經濟危機，通貨膨脹時，中斷了學業。一九二五年轉而在布萊梅市和柏林的報紙當實習生，後來進入正職，主要的工作領域是東歐和亞洲政治。一九三三年納粹當政後，報紙都被納粹政府收編或關閉。衛立伯失去新聞媒體工作的前景，因此和一位同行構想到中國合作成立一個獨立的通訊社。一九三四年他搭乘西伯利亞鐵路到中國滿州哈爾濱。新聞工作中，他也到過朝鮮和日本旅遊採訪。一九三七年初他回德國，尋找可效力的新聞業。一九三八年再度到中國長駐，駐點是北京，較長期住所是西城區跑馬場什坊院138號。除了當幾個媒體的自由撰稿人，也任職於納粹德國在北京和南京的德國新

聞處（Deutsches Nachrichtenbüro DNB）。基於新聞工作，衛立伯需要常兩大城市出勤。他到過中國很多地方，見識到廣大疆域的風景，對當時中國複雜的政治，社會狀況有親身見聞體驗，也有旁觀者清的判斷角度，這顯示在他的各種文獻裡。在所有他的文字中以及其他人的文獻中，並沒有任何顯示他的新聞工作是否也含有情報工作的成分或性質。

衛立伯兒子研讀作者的新聞媒體文章，認為作者是較屬於德國民族派的，但傾向並不贊同希特勒納粹德國的集權帝國主義。一位作家Hans Biel致赫塞（Hermann Hesse）的書信也認為衛立伯和納粹不很同路。此外衛立伯同樣對日本在亞洲的強權侵略也不見得贊同。但是他在中國要生存，要從事新聞行業的工作，必須應變，在寫作題材上有所選擇。所以他選擇文化的領域。可能一方面忠於自己，另一方面不

16

會和在中國的納粹德國勢力以及日本佔領軍有所牴觸。明確的說,他的寫作志業是在文學創作,而且是詩的創作。在這種奇異的雙重生活處境下,他創作了,出版了質量可觀的文學作品。這在當時中國的奇特環境下,可說是個奇蹟了。

但他的文學著作出版則要歸功於同在中國的前輩貴人洪濤生(Vincenz Hundhausen 1878-1955)。洪濤生也是一個極特殊的文化奇人。他在德國學法律,職業是律師和公證人。但他個人的興趣是文學,一九二〇年已就翻譯了古羅馬詩人荷拉斯的《頌歌集》(Oden des Horaz)出版。由一九二三年,他受委任到中國擔任德國人的遺產管理人。由於和北京中國文人及學界的接觸,一九二四年受聘為北京大學的德語教授。教學之餘,在中國學生和友人的協助下,開始翻譯古典詩歌和戲劇,例如李白、白居易、陶淵明等人的詩作以及王實甫的《西廂記》、高明的《琵琶記》、湯顯

祖的《牡丹亭》等戲曲，還有部分老莊的哲學文獻。他也趁教職之便，在北大的印刷所印製出版他的著作和譯作，掛上 Peking Verlag 北京出版社的名號。一九三四年，他甚至開始組織德語劇團，在北京、天津、青島、上海等地，還遠到奧地利和瑞士演出所翻譯的戲劇。一九三五年，他婉拒加入在中國的德國人社群。一九三七年，在納粹德國代表的干預之下，被解除北大教授的職務。

於是洪濤生開始了為生存，也為文化的奮鬥，自找出路。一九三八年，日軍已進入北京。他是否為防止北京大學的印刷廠被日軍佔有，而先下手為強？他又是以甚麼名義和技巧接收了北大印刷廠的機器及其他材料，運到他白楊島的住所。我搜尋閱讀了德文、漢文的諸多資料和各式地圖，

歸納他的住所應是在當時西城區廣安門外的蓮花池島上，當時島上確有白楊樹。洪濤生為印刷廠取名Pappelinsel-Werkstatt，中文名號很官式的「楊樹島印刷局」。當時出版社的地址門號是北京廣安門外南河泡子27號（Kuang An Men Wai, 27 Nan Ho Pao Tse）。從此，洪濤生和衛立伯兩位德國佬開始在中國的一番奇異的印刷出版合作事業。

他們印刷出版了可能上百件的書籍，多數是中國和西洋文學、哲學的經典，而且主要是德文版的。洪濤生是藏書家，擁有書籍一萬冊以上，出版可採用的文字和藝術內容資源多的是。也有人手可幫忙翻譯中文和東亞的文獻，何況洪、

楊樹島印刷局 logo

19

衛立伯在楊樹島出版的第一本書是 *Landschaften und Antlitze*（風景與面貌），64首詩的詩集，詩作是一九三四到一九三九年的作品。詩集分「陰影」、「雲和廣島群」和「面貌」等七個系列。詩集第一首和最後一首沒有標題，不在系列之內。詩作短詩較多，也有散文詩。各首詩的詩行和詩節數相當自由，僅一首有押韻的形式。基本上這衛兩人就是作家兼翻譯高手。但當時中日戰爭期間，印刷廠的物資如紙張、油墨、鉛字排版、印刷人力等應是極不容易的事。而且當時中國、東亞的德語人口有多少？即使加上戰爭期間逃到上海的近兩萬歐洲猶太人難民，可能的購買讀者應也是極有限的。所以印刷廠應也承接各種商業印刷品的業務，洪濤生的財力也能撐著。最後，一切就是歸功於洪、衛兩人唐吉訶德式的熱情和傻勁了。

本詩集是現代的自由詩。詩集顯示，詩人到過中國很多地方，以他記者的敏銳觀察力為各地地理風土塑了景：蒙古大漠、黃河、運河、海邊都有。當然比較細微的部分是北京景物，南海、煤山、八大處、寺廟等等。四季的氣候，日夜晨昏的細節，愛情的意象、戰爭、難民的社會題材，末日恐怖也在展現之內。所以就內容而言，也是一個涵蓋寬廣的詩集。

一九四〇年，他出版了一個散文小冊子 Koreanische Klänge（高麗之聲響），裡面兩篇文章。一篇是高麗遊記，到高麗首爾（漢城）旅行的報導。另外一篇「北京城外」，像是奇幻小說。一九三九年初春，他到唐山溫泉旅行，在巴士車上遇見一位朝鮮來的小姐。像是古代言情小說一樣，他幫她撿拾掉落的皮包。兩人開始在路上以及在唐山的旅館聊天相聚。偶遇而一見鍾情，相偕春遊而成為

伴侶。這位小姐就是詩集中「高麗的女兒」，名叫玉珠兒 Ok Ch'u Ya。她不僅成為他的人生伴侶，而且也是他的藝術繆斯。從此他的詩歌創作似乎受她啟發，甚至以她為中心的情詩甚多。另有詩集已取名 *Jadeperle*（玉珠），但未能及時出版。玉珠兒一九四八年過世，葬在北京住所園地牆邊。

一九四五年，他出版了四季詩集 *Des Jahres Kreis*（年周）。這是一套仿東亞線裝書的詩集，規格只 12×9 cm，

在盧溝橋上

藍色書封，函裝，分春夏秋冬四冊。每冊有54首短詩，類似中國詩經短詩，五言七言絕句或日本短歌俳句的細緻形式。全集主調是四季中的日夜晨昏、日月星辰、山水、花草樹木、禽鳥昆蟲、陰晴風雨等等中國和日本傳統詩的片刻取景，錙銖唯美詩句。但中間也有一些詩作隱含人生傷悲，舊文化流失，社會現實的大小乞丐、妓女等，和自然界詩作相對比。所以這四季詩集也有其真實的現代性。

一九四〇年四月，北京、中國，出現第一本德語的文化月刊 *Die Dschunke*（中國帆船），32開本，40多頁編輯內容，10頁左右廣告。主編衛立伯，出版社是洪濤生的楊樹島印刷局。本雜誌每月按時出刊，一直出到一九四五年六月，一共六十三期。如果平均每期50頁來算的話，就共有3150頁了。是些甚麼內容呢？這是一份文學、文化雜誌，刻意不直接

碰觸當時的政治。所以是歐洲和東亞洲文化的文章大集合。歐洲方面是以德國、德語文化為主。文學上從中古德語情詩一直到現代，各類文學作品都有。還有哲學、音樂、美術方面的內容。文學方面出現最多的是歌德、席勒、賀德林等。現代文學方面有里爾克、赫塞。就整體來講，編者和出版人持一個開放的立場，所以連十九世紀下半葉法國現代詩非常前衛的波特萊爾、維爾倫、馬拉美和韓波的作品都有出現。英語文學方面，莎士比亞、雪萊、惠特曼和王爾德出現的比較多。當然最多的新創作品是主編和出版發行人的創作和翻譯

《中國帆船》雜誌第7與第63期

了。顯然當時在東亞的德語人士中，作家並不多。因此主編和出版人必須大力寫作，幾乎每期都有作品。但主編又不能夠太張揚，所以他的詩歌創作用中文名字的外文譯音 Wei Li Bo。詩歌之外，有短篇小說、遊記、評論等。雖說藝術開放，德語另外一位極重要的詩人作家海涅（猶太裔）就根本沒出現。可見主編和出版人真不敢碰觸當時納粹德國的禁忌，即使他們人在東方的中國。哲學家則是康德和尼采，音樂家主要是巴赫、莫札特和貝多芬，甚至還有當代作曲者的樂譜。

東方文化的內容，中國的份量最多。哲學方面，從老子、莊子、孔子、孟子到辜鴻銘等都有。文學詩歌方面，詩經、屈原、陶淵明、李白、杜甫、白居易的詩作出現最多，還有溫庭筠、張籍、納蘭性德、李笠翁。戲劇是出版人的最大興趣，所以《西廂記》、《琵琶記》、《牡丹亭》的評介都上

了雜誌。可見衛立伯、洪濤生和可能也精通中文的德國朋友多賣力翻譯。現代文學相對就非常稀少，只有胡適、徐志摩、周作人出現一次。反而印度的泰戈爾有好幾首詩刊出。當然日本傳統文學有些德文譯文出現，如古今和歌集、芭蕉等，韓國方面也有幾首民歌。每期雜誌的扉頁都有畫作圖片，中國畫家有馬遠、梁楷、溥心畬、蔣兆和等。

到了一九四五年初，德國的四面大戰已敗退，日本在中國，東南亞和太平洋的戰爭也接近力竭。五月八日，納粹德國投降瓦解，一個時代結束，衛立伯和洪濤生的《中國帆船》航程也近尾聲。經過五年三個月的航程，六月的63期，最後一期，衛立伯的停刊感性道別辭是：

濃霧和惡風促使《中國帆船》的導航員，在六月的航程之後要在一個有護蔭的港灣下錨，來等候比較明朗的視野和有

26

利的海流。這不得已的休憩可用來補充表達過去這麼長時間的行程中滑航過去而忽略的感謝。感謝工作同仁和讀者。首先要感謝詩人和印刷師傅洪濤生,還有很多在德國、中國、滿州、高麗和日本的人名。他們都為《中國帆船》的行程參與了最美好、最了不起的貢獻。但也要感謝眾多讀者友善的耐性和多年的忠誠。

當不良天候消散,我們會將再起錨,揚帆,展開新的航程,

《中國帆船》11期雜誌最後一期道別辭

照原有航向，為了結合東方西方所有民族精神物產的交流。

衛立伯從此不可能再以記者身分或其他寫作維生，又不願回德國，只有在住所的空地小農工作維生。但日本八月十五日投降後，中日戰爭轉為國民政府和共產黨武力的內戰。在中國的德語人士，包括猶太難民，可能回國或繼續移民離散。在中國當然不再有德語媒體生存的空間。從這時到一九四八年底，沒有任何記者作家衛立伯的文件記錄存世，直到一九四九年一月初，國共內戰已在北京城郊對決時。

一月七日國際合眾社新聞ＵＰ：

一個人在北京城外國民政府軍和紅軍之間的無人地帶喪生了。這個人不是士兵，也不是中國人，卻成了戰爭的犧牲

一月八日美聯社AP：

北京的圍城之戰昨天奪走了第一個外國人的性命。德國人衛立伯在火線中被4顆子彈穿過肚子喪命。他是此地德國新聞處的通訊員。他在西城區住所的地方耕作一塊農地，本要回去搬些物品。陪他同行的國際合眾社記者倖免於難。

者。衛立伯原是德國報紙的記者，今天他死在這裡路邊，肚子被中共紅軍的子彈穿過。他原準備回他的住所搬一些家當出來。傅作義的軍部邊派遣了卡車要幫他忙。他穿過西便門，向他的住所走去。但那裡已經是戰爭的火線。他的肚子被幾顆子彈穿空了。

尾聲

衛立伯的文學疆土在中國，卻意外喪命於中國內戰的戰火中，未滿54歲。衛立伯的同仁及貴人洪濤生堅持要留在中國，但一九五四年被驅逐出境。他返回德國Grevenbroich老家，第二年五月十八日過世。兩人都是東西文化平等交流的追尋者，生命的結局雖不同，可能都達到他們的文化之夢。衛立伯的兒子在一九八〇年代、九〇年代在德國搜尋可能的文獻和相關人士，甚至兩三次到過中國和韓國探尋他父親的足跡。可想而知，那是一個艱難，但也豐富的探索之旅。我偶然接觸到這奇異的文化歷史的一頁，發現被戰火和歷史巨變掩埋的文物，有福閱讀吸收美好的文學作品。再越過空間和時間的距離及差異，翻譯這些作品到作品誕生地的語言，也是奇異的探索之旅。感謝我接觸到的書籍以及提供我文獻的機構和朋友們。

這個文學旅程中環繞著《中國帆船》文化月刊每期內容結尾的詩句：

「天賜東方，天賜西方，南和北也同在天道中。」

（歌德 西東詩苑）

序詩

夜晚高高的無盡的
遠方,——喜氣的藍
在睡夢中的大地上
高麗和福藍德斯之間。
月光中銀色寂靜
俯照著晚睡的我們,
壯麗的闊野,
唉,少有人還愛你。

SCHATTEN

SCHATTEN

陰
影

命運

最甜美的花朵累了,
像不再愛的雙手。
灰白,無香。
它們在雨水中飄動
或隨風迴旋如病弱
孤單的閃光飾物。
護蔭的使者,你們

常在夏日預警:唉,
美夢常燒盡,化為苦痛。

苦痛

一些溫馴的羚羊以柔和的目光
凝神期待眾生飄散的夜晚,
融入遠方,苦痛和祈禱中。

幾隻強壯的大熊在雲杉叢林中
耐心的慢慢脫離強力的生涯,
被疾病,老化和恐懼擄掠。

人類族群要追逐圓滿和福祉,

卻在自私中，喧囂中枯萎。
他們衝破寂靜的封印，
污損了語言和夜晚。

地獄的時光

地平線污灰。
如無聲之蛹，雲層爬成
灰霜的突腹堆，吞食
天光。陽光
爆散。
霉味，混雜穢物
令人窒息的煙氣，——
滾滾冒煙的紅塵，
噴吐腐物的波浪：

死神不可擋的無血獸群

撲向人們，毒化姑娘們

和母親們的氣息和身懷，

屈辱男人和男孩成

陰謀的面具，虐待狂，

空洞多嘴的蠢人。

面對空無

血液由血管迸出,
負傷脈搏的血液,
所有感官沉醉旋轉,
如風暴中綠色汪洋的
波濤飛竄。

我不再看見你了?
眼簾凋萎,你的嘴
失去光澤,我們的前額

降滿了霜。
讓我們微笑吧,我愛!

雨中

水氣重壓
高瘦的棕樹，
黑影重重，
夜與苦。

夏夜

黑色小馬入夢
在落葉松下,
蕨類植物為月光
變出盛盤來,
雲浪湧滑過
空際的天漠。

三和音

秋天裡,今年的餘波
拍向這大地的岸邊。

百果充滿清明的光彩
和暖暖的汁液悶聲
掉落寂靜的草地。
莓果血液從深黯血管滴出,
痛中含甜,當道別飲品,
同時山毛櫸森林中

處處毛菇著白色,彩色喪衣為夏季之墳墓守喪。

秋夜

陰影如信天翁翅翼，
山坡河谷的霧氣。
藍綠草原的波浪上
紅楓樹枝間一顆星。
啊，秋之魔力！
嚮往迎向靜默的遠方。

霧

薄暮的淚水
沾溼連綿的森林
漸黃的葉海，
冷霜將降臨。
櫸樹群的繽紛
燈籠熄火了。
霞光的鬼魅
紛亂了樹群蔭影。

預期

秋日的暴風雨後
樹群枝條下垂,
它們也渴望
雪花和睡眠降臨。

雪風

冷霜的使者在呼嘯的雪風中
環繞村庄前的庭院。
那是一群群突鼻烏鴉,
寒鴉和渡鴉。

苦痛抓住了我,還有憂愁,
我是否還有足夠食量
給紅胸鴝,山雀和黃鵐
在這遮護的杉樹下?

冬夜

從森林的黑暗港灣中
乘著鬱金香色的舟
飄向星海去,
月亮。

船頭破浪,
冰結晶般的雲霧
散布到冰封的
國度。

冬季的尾聲

榛子樹叢邊
活躍的麻雀和
墨綠色的苔蘚
在屋瓦上雪堆：
小溪也映照了
柳枝條的倒影

甦醒

當日光照進
我們的夢中,
我們不會身心亂舞?
像從死之露水
的沉醉沼澤
我們冒出頭來

WOLKEN UND WEITEN

WOLKEN UND WEITEN

雲
和
廣
漠

渴望

以雨水紗簾,你環繞柔美的楊柳樹,
滾動的雲層中,你聚集峽谷的熱氣,
山頂上的月亮使你暈溶發光,
你把自己孤身裹入波動的霧氣中。

無邊無際的愛人,
無可比擬的女魔法師,
荒野,宏大的你。

呼喚

地平線上，
雲層中
一寺廟的鐘聲。

啊，——曠野之光亮
映現馬群及
泉畔帳營。

信使

八十一個日與夜騎在喘氣噴沫的壯馬上：
九乘九個日子，九乘九個夜晚的奔馳！
不知有疆界和睡眠，啃乾肉塊粒，換馬時，
啜飲濃濃熱奶茶。
笑聲中探入馬群，抓住最壯的馬鼻，像沐浴般
感受牠血流中清新勇健的力道，讓我歡呼，──我，
天下大君的信使。

四方的風為我作伴。南方岸邊，風像歌唱的

女孩帶著泣訴的雙眼柔順的為我撫弄頭髮。

風在寬面的關口以魔力話語發威,欲吹下馬匹和騎士,落入深谷嚎叫的餓犬群中。

我在黑影中顛仆時,老鷹會劃破霧靄,用振翅拍擊聲掩隱深淵。山壁監視那威武英雄的巢居,英勇而豪氣。

君不見多少國度和民族,大大城門都為我開。

奇異的名姓和語言!

但我知道他們全都臣服大可汗,他以一身光彩的勝利,為忠誠子民開啟自由的泉源。

75

歡喜迎向無盡的四方鏢騎，路上夏日清晨太陽
紫色金光，冬河上彎月，燦爛群星，蒙古帝國的
火焰皇冠，在萬王之王的蒙古包頂上，榮耀

成吉思汗

日落之後

亮藍絲絹做成的
蒼穹天幕
在連綿的
秋之山上,
在河谷的
白沙深峽上。

尊貴,優容和
清明,一彎明月

在薄暮的
黃紅色暈邊緣發光。
田園漸暗了。

廣漠的氣息

沉思的寂靜,判決式的呼喊。
氣息深耕廣大的帝國。
風中,草原和大川上的干戈。
上天神聖崇高的智慧。
太陽的歌唱,蘆葦叢黑影。
河谷火光四射的祭壇。

遠古冰冷的高地,孤僻的關口。
無盡的沙岸邊出海的帆影。

誘人的市場旋律：絲與茶。

眼睛是星辰的潮汐。

臀，雙手和頸項：血液的圖像。

雪原中雙腳纖細的印記。

蓮花和苦痛。招魂即祈禱。

炙熱是逸樂的女伴。

迷醉的舞者在夢的岸邊。死神鋪滿壁毯的高塔。

從東方召來一彎明月。命運，永恆神秘的力道。

雪暴

榆樹橙木
在雪中無路的平原上
守望。
星辰，山林，家屋
遙遠。風暴時分：
霜白死神
奪人魂氣的
冰冷浪花。

視野一角的輪廓
馬已駐足。
下馬入帳蓬
渴飲溫熱的光。
──姑娘起身,
雖被生人的
暗影驚惑,
窮人家也能
以溫暖小禮迎客
可愛的雙唇微笑

減緩空無，
光遮來客渴望的
傷痕和苦痛。
巧飾心靈
以珍珠的歌唱，
如音樂喚醒
血液中
深深入夢的波濤。

小片雲

太陽啊,高高的小片雲
還被你的目光和熱度
迷亂,現在靜默蒼白,
乖乖飄落到山的心中,
而遠方藍霜的地平線
蘆葦上方,明月賜與
雲朵柔和的銀色風帆,
讓它航行繁星夜空中。

破曉

日出在冰凍得
泛藍光的河上。

四處森林魔幻般
閃爍著黃色和紫色光。

各方白色廟宇屋頂下
響著大鐘。

陣陣風帶著鐘聲飄向四方遠漠。

CHINESISCHE EBENE

CHINESISCHE EBENE

中國平原

黃河邊

平原無際,
天空與飄揚的
沙塵。

陵墓山坡處處,
喜鵲與烏鴉
田地中。

平原無際,

天空與飄揚的沙塵。

在山東

楊柳樹下,
蘆葦屋頂的黃色茅屋
沐浴著陽光。
農家孩子們
在白沙的河床上
和小驢子遊戲。

道中

烏黑樹葉
飄落寒夜。
烏鴉群停歇於
祖先墳場。
夜與雪欲降,
不需久候。

帝國運河

帆影如窗扇
立於冬日
灰白蒼穹中。
麗日北風推動
滿載的帆船
行越蔚藍闊野。

暴風雨

世上只剩烏雲呼嘯可聞?

法官已起立,明判公正且莊嚴?

一定有一判決已發,譴咒語。

群魔，陰森貪婪得全是膿瘡，
縱慾潰瘍。
撲向人類，把他們
扭絞成血汗濃漿。
痛苦和磨難灼傷馬眼，
連樹群也吶喊出來。
所幸不是一切磨難都深入骨髓，
眾神會商，

地獄鑼響，閻王稟報，
眾神激動，
指責他失職
不必要的慈悲。
於是閃電交加，如鞭韃，
雷神的戰鼓
轟隆不已。豪雨
狂怒沖刷。

夜，深淵之門，
像充滿原始威力，不容情。

戰爭

戰爭降臨!號角和
旌旗燃起
熱血,化為
腥紅火焰,
從城門湧入
女士內院。
而群燕驚飛,
眾蟬鳴叫
於湖畔柳枝間,

亡者的港灣。

難民

壯騾在馬具下
冒氣急喘。
拖車在乾枯河床上
轆轆跌幌。

白衣愛玲
閉眼傾聽，
胸前睡著
甜蜜孩兒的小頭。

她生下傳人時，
槍彈掃過寂靜
庭院，血染紅了
庭花。

拖車轆轆震幌，
壯騾冒氣急喘。
月已西沉，
暗夜車行何方？

PEKING

PEKING

北
京

早春

還沒有穀種在田地裡,
風扯拽著楊柳枝條,
沿著甦醒的道路
我騎著馬。

我們從光禿的城市來,
因為急行身體暖和起來。
天空的藍色就是
大開的蒼穹。

諸神的造物吹散成塵埃
如大堂殘敗的光彩消散,
夜裡幽靈的哀嚎
從中傳出來。

先人們不是要為家族榮光
祈求大地的賜福嗎?
它們安息在祖地
山丘的榆樹群下。

孩子們這般猛力
丟小石子到沙裡。
村子裡的孩子們
腳步怯生生地

環繞著馬和陌生人。
我下馬,感動地
立在這無盡空間
被遺忘的戲劇之中。

南海之春

湖邊柳樹，
繁花枝間
蜂群
早春之歌，
湖中島岸邊
涼亭
清甜的憂傷，
當夜晚

天空的藍
如少女般溫柔
和月光及水波
合一。

南海初夏

箭尖的芒草上方
柳條若有所思,
陽光的綠意中
蟋蟀鳴唱
湖水引來
燕子。

廟堂的裝飾,
香火的平和,

歡迎蝙蝠的
可愛水岸
靜候荷花
開放。

眺望中海

蔭涼水岸邊,寺廟圍牆
綻放血紅色的光澤。
穿過松樹群的墨綠色樹冠,
屋頂的金黃淺藍浮現出來。
廟大廳正等著信眾來許願,
尋求護蔭和寧靜。
涼亭的火紅柱子
映照在湖水中,在

大理石白色拱橋之前。
月光普照樹石相間
土坡上的寶塔,以及
光亮的蕭穆夜景。

從煤山俯望

白鴿群
在黃金屋瓦上空，
紅牆陰影中
綠色苔蘚，
月魚池上
一片蓮花：
柳樹梢
蟬聲齊鳴，
夏天日頭

垂落谷地之前。

向晚時分

向晚,甜蜜如蜻蜓舞姿,絲綢般時光在古老的雪松樹下。
所有思緒變純淨,
因失落的苦痛變得和緩。

月夜

大大的紅色月亮，
把這顆心納入你的寧靜。
夜晚時，它可想望遠方廣漠，
暮色映現黃和紫，還有藍。

柔順的飛蛾著睡衣，
吸吮夜的瓊漿，
不管是夢，是靈魂，
它們飄舞迎向露珠。

月光

已經入夜了,
放光的寧靜,
麥稈,楊樹群
月光中入眠。
只有夏蟬群
頌揚生命的
銀光色歌聲
升上群星中。

秋

片片花瓣風中
迴旋,花容褪色。
我回看它們身影,
沉吟前事如何。

TOCHTER KOREAS

TOCHTER KOREAS

高麗的女兒

相逢

在疲憊的馬匹上騎越炙熱大地，
如此長途跋涉而昏沉恍惚，
雙眼雙唇被蜿蜒
長路上的塵土黏滿，
當韁繩變溼熱，
馬匹鞍具變深色，馬脖子
更低垂，在急促的胸肺
和馬蹄上方猛伸向前，

當騎馬人奔離荒寂的廣漠，
太陽，風和樹群，
衝過一直護衛的城門，
街巷和豪門大庭敞開來。

當他的宅第微高的門檻處
突然有女子倚立映輝，
明亮的雙眼幽幽
瞄向騎馬人和馬匹，

這相認和榮幸不是
比王侯寵倖和錢財更富足?
當愛的光芒和美相映照,
喜樂使面孔和心靈生輝。

繁花時分

從東邊,第一道光芒射到城門
和池塘,──水蓮花萼幽柔
如少女開展。

從高空,陽光燦爛照滿
廳堂庭院,──丁香在井邊
綻放。

當一彎明月照亮樹群及諸橋樑,

——鳶尾花在湖邊蘆葦間優雅沉思。

當閃閃群星幻點公園和亭閣,
——茉莉花香迷醉愛侶的心。

女性的手

細小的手
撫向黑色的髮結,
有重量的銀質腕環
在手臂上緩緩滑動。
纖細的手指發出
象牙色微光,杏仁狀的
玫瑰紅色指甲
停在衣裳領子上。

雅緻，幽思，善感的
肌膚伸展著，
靜靜沙灘的純粹感覺，
心靈的輕柔明鏡。

入夢之女

眾樹繁花香
繞遊睡眠中姑娘
夜溫之雙唇,
月光中,花香也飄流於眼簾
和額頭,終落駐於
心口,如夢影,
流入紅寶石色的血液井內,

如珍珠,天空的淚珠,
注入海洋。

告別夏天

秋天又擄掠我們：
疲弱的湖岸邊
低垂的柳條。不再
有船夫的呼喊。
湖水靜止。蜻蜓，
蟋蟀，金龜仔死寂，
繁花光彩熄逝，
當鳥群遠去南方。

你我曾常在通風
的亭閣飲茶談笑。
而今我們靜默倚立
亭柱……入晚時分了。

我的愛人

我們觀賞過多少次月亮,
逗留在陰涼的廟宇,涼亭,
在湖上泛舟,在煤山
品飲金黃色的茗茶。
你我喜愛觀賞樹群和山水,
然後你談起呼喚你的家鄉。
可愛的奇女子,纖細肢體,
溫婉身形,一心為父母

兄弟貢獻，高麗的女兒。
舞姿纖柔，歌唱美好
春與秋，當我們落日時
相聚於南海庭園。
我可有常撫著你嬌小的頭，
讓你烏黑秀髮滑到肩膀？
接著你抬起小鼻子，微笑，
女性秀目看著我，
雙唇微啟，讓我輕輕吻合：
玉珠兒，今在遠方晨曦中。

玉珠兒

你帶走了我的孤獨
給我你心靈的信念。
黑眼珠靜靜的光芒,
小手溫柔的握持
像純淨的鐘聲
在這異國解救了我。

春天繁花給我們喜樂,
夏日夜晚讓我們舒爽,

直到秋天帶著憂傷降臨大地。你輕聲對我說：
我們要永遠相伴，
但我不知能否這樣。
這些話聽來多感傷，
我感應到那捨放心境，
你親愛的小頭低垂
像晚霞中的柳枝。
我將你裹護在
高麗母親的衣裳裡。

深秋

菱荇的蓮花
在小湖
死水中,
老柳樹群
乾枯粗枝
轉酒紅色的細枝,
胡同

藍色調陰影中
不見月光的家戶大門,
有一列火車
駛進夜幕中?
──幾時要下雪了?

重逢

可愛嫻靜的女伴,
不是已過多少年了?
而今又像從前手擁著你!
你優雅微笑仰頭看,
我熱切親吻
你細眉影下的眼睛,
玉珠兒亮光的眼睛。

疑問

你讓我著迷了
用你的溫柔問題:
你還愛我嗎?
你靜靜看著我,
傾斜著頭,
張著你的雙唇。
我抓住你的手

對你說我愛,
親愛小女子。

INSELN IM MEÉR

INSELN IM MEER

海
中
島
群

星

龍之眼
在沉睡的
黑林上。

信 息

還稍微蒼白的雲朵,
又稍有柔和花蕊的色澤,
在銀藍色的冬夜漂浮。
鮮明預感
早春梅花綻放。

夜晚

山脊的回聲
山谷中,
瀑布,森林的
豎琴,
草葉沉入
睡夢中。

哀悼

雲層像鐘一樣搖擺,
天空灰色的
聲響
在夏日雨中。
罌粟花飄散了,
那太陽的使者,
它們亮紅了

谷地榆樹下
的墳墓。

雨夜

陰暗又沉悶
落淚，盡是落淚。
任何一滴
都不含欣慰。
長夜悶熱
不見舒爽。

風雨中的悶熱

氣息熾熱
吹過藍色的
無夢的潮浪,
聚結成雲
顫動又聲歇
於鉛重的紅炎。

湧浪

原始的巨力舉起湧浪。
浪峰於風暴拍擊中飛散成
泡沫誕生的千百海鷗。

創世

天與海：
宇宙的初始。

紅太陽高掛浪潮上
當光芒征服深處，
震動的大地誕生了黑暗。

群星確定時間及土石，
月光於花和眼中映照

雲和浪呼嘯不已。

宇宙的初始：

天與海。

ANTLITZE

ANTLITZE

面
貌

母親圖像

就是那天空
賦予你眼睛獨有的
湛藍目光,
無比的丰盈。

睫毛垂下
光暗熄,當神
取走你的氣。
但你的愛依然發光。

孩童

孩子們令我愉悅
小小孩,挺著
曬黑的,光溜滾圓的小肚子,
大小孩,靦腆,已處於
綢緞般純潔的可愛人生中,
孩子們,高麗的,中國的,
日本的──但我自己的孩子們
住在遠方,只有在夢中
和我相會,像清晨

澄藍的露珠閃爍發光。
我的聲音不足以
呼喚他們，我的雙手
伸向空無，握不到他們。

山邊屋舍

賜福平和的屋舍
在八大處綠藍山林
幽暗的松濤中。
嬉戲之後孩子們
快樂的聲音和可愛的四肢
休憩。他們嬌小的夢境
像群星照亮夜晚,

愉悅母親的眼睛和心懷,
在這城市的夜影中。

春日裡

從孩子們心中
湧出一聲輕呼，——
眼睛都映放出
黎明的夢，
於日出前
那天空奇妙陣痛
的清明。

降雪

冬日，我看窗外
覆蓋白雪的蘋果樹，
感覺回到童年時光，
喜洋洋目送雪花
落入深深的寧靜。
哎，那美好圖像旋即朦朧，
飄散到黃昏
灰色不明的孤寂中。

一塊石

緘默的形體，困苦中
我雙手擁抱你，
折磨及無助面對春光
像冰雹逃逸，好讓
此靜靜的存在，賜福睡眠中孩兒的手臂，
能滿盈我的心，讓我安渡一切。

跋詩

當我死去,將我掩埋在沙漠邊緣。那兒四方的風吹過各民族的城門家門。好讓我時時聽見躍動人生不滅的歌曲,馬群的嘶鳴和蹄聲,觸感到姑娘們舞蹈的血流婦女們厚重的甜氣味。

將我掩埋在岩石海岸，
當我死去。那兒海的氣息
在藍綠的浪潮上飛沫
讓我永不懷念冒泡人生
的狂野，——在天空深遠無垠下
看不到邊際，只留意到
銀光映照的月亮陪伴著鐘聲。

衛立伯詩的瞬間取景
三〇年代中國的「風景與面貌」

/梁景峯

Erich Wilberg 衛立伯（1895-1949）是上世紀三〇到四〇年代在中國生活工作的記者作家；也可能是唯一在中國出版詩集的德語詩人，甚至可能是在中國寫詩，出版詩集的第一位西洋詩人。他的第一部詩集是一九三九年的 *Landschaften und Antlitze*（風景與面貌），第二部是一九四五年的 *Des Jahres Kreis*（年周四季），另有一部 *Jadeperle*（玉珠）未能及時出版，衛立伯就已在一九四九年一月初在北京城郊意外喪命於國共內戰的火線中。兩部詩集都出版於詩人作家 Vincenz Hundhausen

洪濤生（1878-1955）主持的Pappelinsel-Werkstatt北京楊樹島印刷局。《風景與面貌》是衛立伯在中國前幾年（1934-1939）的作品。這本仿中國和東亞包背裝裱的詩集共包含64首詩。除序詩和跋詩外，詩詞編排為七個系列：陰影（14首），雲和廣漠（8），中國平原（7），北京（9），高麗的女兒（10）。海中島群（8）和面貌（6）。

詩集出版時，媒體有些評介。《北京記事 *Peking Chronicle*》比較一般性：「我們客居中國的人們應感謝衛立伯，因為他可愛的書搭了橋梁，讓我們可以領會這個國度在我們周邊的風景和面貌」。另外當時德國報紙《德意志全覽 *Deutsche Rundschau*》有比較文學專業的評語：「衛立伯讓人想起古典詩人賀德林Hölderlin的詩作以及中國的古典詩。他的深感力和語言藝術為東西交流以及心靈

191

溝通創造了革命性的時代詩歌。」

衛立伯的詩歌首先顯示，他記者的身分和工作需常常四處遊走。他以敏銳的觀察力，將好多地名和風景，黃河、塞外、北京、運河等寫入詩歌。一方面詩篇中有無限的遠方，壯麗威武的廣漠，偶有遼闊的荒原，提供了北方和西北的廣角圖像。〈信使〉這首詩的視野甚至延伸到了熱河、內蒙古、蒙古以及可能更遠的地方。與此相對比或平衡的是，常出現園林中的微型圖像。湖邊的柳樹，枝頭的蜜蜂，池塘中的荷花等類似的畫面，暗示著平和與謙敬的氛圍，這是東亞詩畫傳統的本質性特徵。與景物緊密相連的是詩中的一年四季，一天中的時間和天氣現象，它們構成了風景畫的多樣性。冬末、初春、春日、初夏、秋天、冬風、暴雪等都顯現在衛立伯的觀察、思考和詩意的凝聚中。可以說，衛立伯「官能感

性主義」的工作方式讓人很能以一種詩意的方式看到當時中國的風景。

同時詩歌的形式也讓人感覺到衛立伯在東亞以及西方文學中的涉獵。他應該是看過貝特格（Hans Bethge 1876-1946）半譯半創的詩集《中國笛 Die chinesische Flöte》（1907）。但他並不受東西方傳統詩形式的限制拘束。詩集中有少數散文詩，其他將近全是自由詩行。只有〈夏夜〉有押韻，雙尾韻；也僅有兩三首顯示自然的音節格律。詩集一半以上的詩歌是短詩，有的甚至只有三、四行，近似中國五言七言絕句的形式。稍長一點的詩有兩三個詩節，每節二到四行。另外大部分詩句的音節都很短。對短小形式的偏愛，大概與移民或說自我流放時的生活節奏和心境相對應。如果有時間，就必須迅速地，集中地觀察和創作。這樣一來，就像在攝影工作中一樣，形成了凝聚的瞬間

193

取景。大約同時間在中國的猶太流亡畫家白綠黑（David Bloch 1910-2002）也有相同的工作方式，他的木口版畫作品都是巴掌大小。衛立伯詩歌形式短小的另一種解釋可能是他與東亞詩歌的接觸。因為如果仔細閱讀，不難發現，有些三行詩句與日本俳句的音節形式稍微接近。比如〈疑問〉詩中：

〈帝國運河〉這三行詩似乎也符合俳句傳統的內容設計原則。因為詩行以自然界的畫面為主體，給人的感覺是唯一的瞬間，而且是現場實景的。最近似中國五言詩的是〈月光 Mondschein〉：

Bezaubert hast du mich（6音節）	你讓我著迷了
Durch deine sanfte Frage: 6	用你的溫柔問題：
Liebst du mich noch? 4	你還愛我嗎？

或在〈帝國運河〉一詩中：

Heller Nordwind treibt die 6	麗日北風推動
Vollgeladnen Dschunken 6	滿載的帆船
Durch die blaue Weite. 6	行越蔚藍闊野。

這首原詩八行各五音節和唐詩五言律詩八句相似。詩行也有音節格律，每行比較自由的揚抑抑格（dactylus）加揚抑格（trochaeus），每行都一樣。這和中國傳統五言詩每句語意兩字（音節）加三字的形式稍有不同。明顯不同的是，德文原詩不押韻，顯示詩人以內容的本質和情境為重。

已經入夜了，
放光的寧靜，
麥稈，楊樹群
月光中入眠。
只有夏蟬群
頌揚生命的
銀光色歌聲
升上群星中。

196

Nacht ist's geworden,
Strahlende Stille.
Halme und Pappeln
Schlafen im Mondschein.
Nur der Zikaden
Silberner Sang zum
Lobe des Lebens
Steigt zu den Sternen.

在〈月夜Mondnacht〉這首二節各四行的詩中，衛立伯堅持用八個音節：

衛立伯的這首月夜詩在形式上和動態的圖象上（心嚮往遠方的浩瀚）可以理解為對李白〈靜夜思〉的親近和延伸，月在眼前，而心渴望著遠方的家。

作為一個藝術愛好者或鑒賞家，衛立伯在〈遠東人〉一文中讚揚了東亞繪畫中「留白平面」的獨特性。他說：

Nimm das Herz in deine Stille,
Großer roter Mond. Am Abend
Sehnt es sich nach ferner Weite
Gelb und Purpur, blau verdämmernd.

Sanfte Falter, schlafgewandet,
Laben am Nektar der Nacht sich,
Gleich, ob Träume oder Seelen,
Schweben sie dem Tau entgegen.

大大的紅色月亮,
把這顆心納入你的寧靜。
夜晚時,它可想望遠方廣漠,
暮色映現黃和紫,還有藍。
柔順的飛蛾著睡衣,
吸吮夜的瓊漿,
不管是夢,是靈魂,
它們飄舞迎向露珠。

留白的平面，乍一看很奇怪。但它們構成圖象的本質，激發和誘導了觀看者的想像力，所以他可以一再沉浸入作品中，卻不致感到疲憊。那是一種美麗和清晰的逗留，彷彿人要進入無盡的天空一樣。

這種對東亞繪畫留白力量的洞察，恰恰與他在短詩上的工作方法相吻合。因為少少幾行的短詩給印刷的頁面留下了很多自由的空間，讀者真的可以遠望無邊無際的天空，在那裡想像力沒有任何限制。另一方面，文字、詩句是如此的精鍊，以至於讀者要喚起所有的感官天線，才能接收和領會到語言藝術作品中凝聚的形象，唯一的聲音。這裡要以一首詩為例，說明詩人是如何使用清明的觀察力和感應力，來琢磨和塑造自己的詩意像和聲音。而且是濃縮到只要一兩個字就可形成一行詩。

〈Ruf〉　　　　　　　　〈呼喚〉

Am Horizont, in　　　　地平線上
Wolken, eines　　　　　雲層中
Klosters Glocken.　　　一寺院的鐘聲。

Ach, —— Der Steppe　　啊，—— 曠野之光亮
Helle in Pferden und　　映現馬群和
Zelten am Quell.　　　　泉畔帳營。

衛立伯在這裡並沒有堆砌許多長詩句，雖然那也許更適合北方，東北的遼闊草原風光，而是把全部的內容都壓縮入寺院的鐘聲裡，而寺院本身似乎是不需要看得見；此外也就是馬匹和帳篷的亮色了。讀者聽得到，聲音在廣闊的視野中擴散開來；馬匹和帳篷是草原畫面上的「支配平面的點」。我們知道，聲音和亮色的點就意味著生命，如海上的船隻。詩人不需要讓「詩的我」在文中出現。他不需要使用動詞，也不容出現任何形容詞，這些形容詞是常見的附會詩意氣氛或情緒的因襲手法。這種絕對性和極端的語言精簡，甚至於取消句子結構的特點，是大約同時代的德語詩人本恩（Gottfried Benn）在「詩歌的問題」演講中宣稱的現代詩的決定性因素。

衛立伯的長詩〈信使Der Kurier〉是一首散文詩，共兩頁印刷。詩中的我是成吉思汗的信使，要把天下大君的御旨帶到天涯海角的某處。他騎馬走過無盡的國家，看到無數的民族，聽到各種語言，一直這樣下去。他不知道邊際，也不知道睡覺，他要一直換馬，一直這樣下去。這首詩飛揚節奏的語言與德語現代詩人里爾克的詩〈騎兵隊旗手克里斯托夫里爾克的愛與死之歌〉不無相應和。〈信使〉中的「九乘九個日子，九乘九個夜晚的奔馳」和無盡的騎行，似乎是里爾克在〈騎兵隊旗手〉中「騎行，騎行，騎行，穿過白天，穿過黑夜，穿過白天」詩句的具體化。

另一方面，衛立伯的其他詩歌也表現出令人難以置信的激進前衛的特徵，如〈風雨中的悶熱Gewitterschwüle〉一詩。

203

Heiß weht der Atem　　氣息熾熱
Über die blaue　　　　吹過藍色的
Traumlose Flut,　　　 無夢的潮浪，
Ballt sich zu Wolken, 聚結成雲，
Zuckt und verhallt in 顫動又聲歇
Bleierner Glut.　　　 於鉛重的紅炎。

這首詩初看是呈現某一時刻的自然現象。但它用奇異的用語組合,所以不只是寫景,而是人的五官可以很逼近感覺的「事件」。如果我們追問,氣息如何吹過潮浪,為何是藍色的潮浪,為何無夢或不需做夢,如何聚結成雲,氣息如何顫動,又聲歇於旺火中?如果詩中雲氣、潮浪、旺火三個意象合在一起,那意味著甚麼?如果我們想到,雲和潮浪和旺火在中國文學傳統中有兩性生命的象徵意義,我們是否會意識到這是具象造型詩,用強烈的暗喻表現性愛的一刻?那這首詩就是高度表現前衛技巧的表現主義的詩了。的確,衛立伯使用很多奇異的意象組合和詩句構築,有些是極獨創的,如

月乘著鬱金香色的船飄向星海 (冬夜);

迷醉的舞者在夢的岸邊 (廣漠的氣息);

血液中深深入夢的波濤 (雪暴);

205

這樣的詩句可能連表現主義或超現實主義詩人都會認為飆過頭，鋌而走險了。

衛立伯詩作另一個中心主題是戰爭情況的觀察和文學轉化。他雖已遠離了德國的災難，但在中國不見得就不會面對悲慘事物。災難不幸的圖像和詩句顯示，衛立伯很清楚正視亞洲的政治現實，很清楚人民在戰爭中的苦難。但他不使用浮面寫實，而是適度冷靜的暗喻。請看各首詩的象徵詩句：

烏鴉群停歇在祖先墳場（道中）；
美夢常燒盡，化為苦痛（命運）。

更具體的是因戰爭而來的群體死亡,如〈地獄的時光〉詩中的「死神不可擋的無血獸群撲向人們」;〈暴風雨〉一詩中「群魔把人們扭絞成血汗濃漿」;〈難民〉詩中「槍彈掃射到庭園,鮮血染紫了花朵」。

這些像是世界末日的景象在三〇年代的中國是常見的事,不管是因為土匪強盜、軍閥、內戰,日本對華侵略戰爭。而一位外國作家,一位德國移民作家正巧在這幸運的,或不幸的歷史時刻為這些留下了文學見證。我們可以說,衛立伯以他的文學功力,但沒帶政治教條的糾葛,完成他的「詩的使命」。

面對這些困境,人生少有的安慰大概就是大地春天的景象和愛人的相遇了,如〈南海之春〉詩中「清晨蜜蜂在繁花枝葉間的歌唱」;以及〈相逢〉詩中「當愛的光彩映照成美,喜樂也使容貌和心靈復甦」。而衛立伯就用他的感官,心靈和筆把一些景象快照速寫下來,成為中國的德語詩歌,多樣的世界。詩人能看到事物的本質,真質,並表達出來。個別是瞬間取景,合起來也是時代的面貌,而細節精確塑造合起來也是宏觀的整體。詩人能賦予物體心靈,也能賦予心靈形體,這是藝術的境界。如此,現在的讀者和譯者能穿越時間和空間的距離和差異,善用想像的五官和心靈,也能感受和再現常在又多樣的真質。

移民,流亡可能是人生的不幸,但也有人說:「流亡(也)

是促成創造性行動，新生事物的溫床」。因為處於無家鄉，失去舊有的安全感，也就可能更珍惜倖存的自由，而且也加強對外在事物的感應度。白綠黑、洪濤生和衛立伯是少數在中國能將新的感受化為藝術的人。他們忠於自己的觀察體驗經歷，以多樣的技法忠實表現於作品中。這藝術家基本的天職。而長久少為人所知或被人遺忘的作品，在八十多年後現出蹤跡，「出土復活」，也表明了藝術的生命長遠，比一些政治勢力長久。而且，世界上任何地方都可以是生命和藝術的家園和歸宿。白綠黑、洪濤生、衛立伯不僅和中國命運相連，而且在中國發揮了他們的藝術生命。他們作品的中國形象應該是比任何古典大師的二手「中國形象」要真實得多。

衛立伯《風景與面貌》的跋詩說：

當我死去，將我掩埋在沙漠邊緣……
將我掩埋在岩石海岸。

這詩句似乎應和著一百七十年前他的前輩流亡作家海涅（Heinrich Heine）的詩〈何處？〉。這詩中也問到疲憊旅人最後的憩息之所是否沙漠呢或是海灘等。兩個詩人的答案大概是一樣的：哪裡都可以；因為「任何地方夜空的繁星都會為我發亮」，即使衛立伯的墓地不知在何方。

本詩集的理解詮釋和翻譯得力於諸多文化機構和人士提供文獻資料相助：德語文學資料庫 (Deutsches Literaturarchiv Marbach)，布萊梅國立資料庫 (Staatsarchiv Bremen)，德意志圖書館 (Die Deutsche Bibliothek, Die Deutsche Bücherei)。尤其是詩人兒子 Michael Wilberg 基於高度的信任，寄來他父親的其他作品和文化月刊《中國帆船》。

在詩集漢譯本出版之日，特此表達真摯的感謝。也感謝詩人鴻鴻及同仁的慧眼及藝術共識。

梁景峯

SCHNEESTURM

Ulmen und Erlen
Wachen im Schnee auf
Wegloser Ebene.
Fern sind die Sterne,
Berge und Herd.
Stunden des Sturms:
Atemberaubende,
Eisige Gischt
Frostweißen Todes.

Seitab ein Umriß.
Schon steht das Pferd. Vom
Sattel ins Zelt,
Lechzend nach wärmendem
Licht. — Erhebt sich ein
Mädchen, verwirrt vor dem
Fremden, dem Dunklen, dem
Gastliche Opfer trotz
Armut es reicht. — —

ATEM DER WEITE

Sinnende Stille und richtender Ruf. Tief pflügt der Atem das riesige Reich.

Waffen im Winde, Steppe und Strom. Heilig-erhabene Weisheit des Himmels.

Sonnengesänge, Schatten im Schilf. Funkenumsprühte Altäre im Tal.

Uralte eisige Höhn, einsame Pässe.
Am endlosen Strande Segel auf See.
Lockende Marktmelodie: Seide und Tee.

Die Augen Gezeitenspiegel der Sterne.
Hüften, Hände und Hals: Bildwerk des Blutes.
Der Füße zierliche Siegel im Schnee.

Lotus und Leid. Beschwörung Gebet. Gleißende Glut die Gespielin der Lust.

Trunkene Tänzer am Ufer des Traums. Teppichbehängte Türme des Todes.

Sichel des Mondes von Osten bestrahlt. Schicksal, gewaltig geheimnisvoll ewig.

附錄　衛立伯文學生涯與時代背景年表

世界
- 第一次世界大戰，因戰爭顛覆、摧毀舊有歐洲社會和文化秩序，達達主義誕生。
- 第一次世界大戰結束。
- 希特勒領導的納粹黨統治德國。

中國／臺灣
- 甲午戰爭結束：清朝在甲午戰爭中敗於日本，簽訂《馬關條約》，並將臺灣割讓給日本。
- 辛亥革命：推翻清朝統治，建立中華民國，終結中國封建帝制的時代。
- 五四運動：中國青年掀起反帝反封建運動，促進了新文化運動的發展。
- 九一八事變：日本侵占東北，開始了對中國的全面侵略。

年份
1895　1911　1914　1918　1919　1927　1928　1929　1931　1933

衛立伯文學生涯
- 八月五日生於德國漢堡。父親是德意志第二帝國軍醫。
- 從軍，在西線戰場及東線戰場服役。
- 大學期間修學歷史學、經濟學、語言學、文學課程。學習領域包含東歐和亞洲。
- 娶妻 Ruth Wilberg，兒子 Michael Wilberg。相關年份不詳。
- 任布萊梅市的威希河日報實習生。
- 任柏林市德意志日報編輯。
- 任布萊梅市威希河日報編輯，負責東歐及國際版面。

時間軸

- **1934**
  - 威希河日報被納粹黨政府併吞。衛立伯失業，便經由西伯利亞鐵路到中國東北（滿州）哈爾濱，繼續為德語區的新聞界供稿。他的活動範圍也包含韓國和日本。工作之餘，開始詩歌寫作。

- **1937**
  - 第二次世界大戰
  - 蘆溝橋事變爆發，中國進入全面抗日戰爭。
  - 回德國尋求和各式新聞媒體合作的機會。

- **1938**
  - 洪濤生（Vincenz Hundhausen）創辦楊樹島印刷局（Pappelinsel-Werkstatt）。轉往北京為新聞工作駐點。一次往唐山的旅途中認識一位朝鮮女士，後來成為伴侶。

- **1939**
  - 在洪濤生的白楊島印刷局出版第一本詩集 *Landschaften und Antlitze*（風景與面貌）。詩集含64詩，包脊裝。
  - 出版短篇遊記集 *Koreanische Klänge*（朝鮮的聲響）。
  - 與洪濤生合作，從月起出版德文版純文化月刊 *Die Dschunke*（中國帆船）。雜誌每月一期，從不間斷，一直到1945年6月第2次世界大戰臨將結束時停刊，共出版了63期。

- **1940**
  - 出版短詩集 *Des Jahres Kreis*（年周四季），春夏秋冬四本，各54首詩，線裝袖珍書。●二戰結束後沒回德國，留在北京，有申請長期居留。住在西便門附近，以小農為生。

- **1945**
  - 1945 第二次世界大戰結束
  - 日本投降，臺灣脫離日本統治

- **1949**
  - 毛澤東宣布中華人民共和國成立。
  - 一月初，國共內戰的軍隊已在北京城郊對峙。衛立伯在7日返家途中被流彈打中喪生。

- **2025**
  - 五月底詩集《風景與面貌》漢文全譯本由臺灣臺北黑眼睛文化事業有限公司Dark Eyes Ltd.全球首次出版問世。

風景與面貌
LANDSCHAFTEN UND ANTLITZE

作　　者｜衛立伯（ERICH WILBERG）
編　　譯｜梁景峯
主　　編｜鴻鴻
設　　計｜黃子欽
執行編輯｜方姿懿
出　　版｜黑眼睛文化事業有限公司
E－mail｜darkeyeslab@gmail.com

印　　刷｜鴻柏印刷事業股份有限公司

總 經 銷｜紅螞蟻圖書有限公司
地　　址｜台北市114內湖區舊宗路2段121巷19號
電　　話｜（02）2795-3656
傳　　真｜（02）2795-4100
E－mail｜red0511@ms51.hinet.net

初　　版｜2025年5月
定　　價｜380
Ｉ Ｓ Ｂ Ｎ｜978-626-7307-05-2
贊助單位｜台北市文化局
　　　　　NCAF 財團法人國家文化藝術基金會 National Culture and Arts Foundation

國家圖書館出版品預行編目(CIP)資料

風景與面貌 / 衛立伯(Erich Wilberg)作；梁景峯編譯. -- 初版. -- [臺北市]：黑眼睛文化事業有限公司, 2025.05
面；　公分
譯自：Landschaften und antlitze.
ISBN 978-626-7307-05-2(平裝)

875.51　　　　　　　　　　　　114005327